© 2000, *l'école des loisirs*, Paris

Loi N° 49 956 du 16 juillet 1949,
sur les publications destinées à la jeunesse:
avril 2001.
Dépôt légal: avril 2001

Mise en pages: *Architexte*, Bruxelles
Photogravure: *Media Process*, Bruxelles
Imprimé en Italie par *Grafiche AZ*, Vérone

RAFARA
UN CONTE POPULAIRE AFRICAIN

illustré par Anne-Catherine De Boel

PASTEL
l'école des loisirs

On raconte qu'elles étaient trois filles d'un même père.
La plus jeune était douce et gentille.
Les deux aînées la jalousaient et lui voulaient du mal.

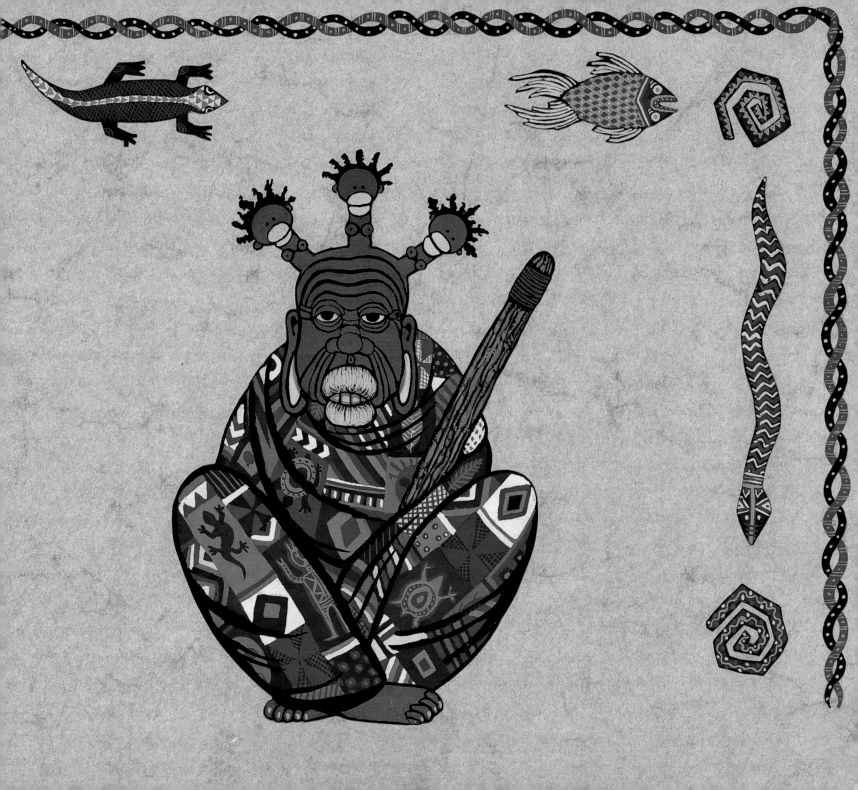

Un jour qu'elles cueillaient des morelles dans les bois, les deux méchantes filles s'enfuirent en abandonnant leur petite sœur.

Bientôt, la nuit descendit sur la forêt.
Les fourrés s'emplirent de bruits étranges.

Tout devint obscur.

La fillette tremblait de peur.

Elle finit pourtant par s'endormir.
Mais le monstre Trimobe surgit
à la première lueur de l'aube.

Il s'empara de la malheureuse enfant
et l'emporta à travers bois.

«Tu seras ma fille Rafara», dit-il.

«Je serai Rafara ta fille puisque le sort en a décidé ainsi», répondit la fillette.

Mais Trimobe n'avait nullement l'intention de traiter Rafara comme sa fille chérie. Il l'enferma dans son antre et la gava des nourritures les plus appétissantes.

Son projet était de la déguster lorsqu'elle serait bien grasse et bien dodue.

Chaque jour, Trimobe partait à la recherche
de nourriture en recommandant à Rafara
de n'ouvrir à personne.
Et chaque jour, il revenait les bras chargés
de mets délicieux pour sa fille.

Chaque soir, sous prétexte de l'embrasser comme le ferait
un bon père, il lui sentait les côtes pour savoir si elle serait
bientôt à point. Et chaque soir, Rafara le suppliait:
«Mon bon Trimobe, laisse-moi rentrer au village pour rassurer
ma famille…»
«Patience, chère petite, je t'y conduirai bientôt», lui répondait
Trimobe. Mais c'est au village des morts qu'il avait l'intention
de l'emmener.

Une nuit, tandis que le monstre ronflait comme dix soufflets de forgeron, une petite souris se glissa sous l'oreiller de Rafara. «Rafara, Petite Mère», dit la souris, «j'ai faim… Donne-moi un peu de riz.» Rafara tendit aussitôt à la souris l'écuelle qui était sous son lit. «Merci», dit la souris.

«Puisque tu as bon cœur, je vais t'aider. Si Trimobe te trouve ici demain, il te mangera. Lève-toi et fuis immédiatement!»

«Mais si je fuis, il me rattrapera», dit la fillette.

«Emporte ce bâton, cette pierre et cet œuf et, en chaque occasion, écoute ton intuition», dit encore la souris. Rafara ouvrit doucement la porte et gagna la forêt, tenant contre son cœur les trois cadeaux de la souris.

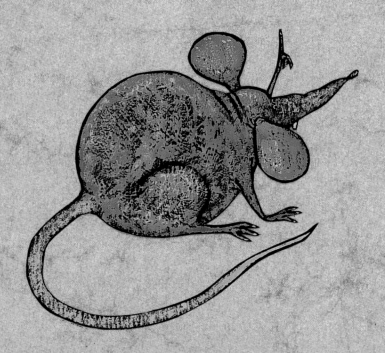

Lorsque Trimobe se réveilla et se dirigea vers le petit lit de bambou où dormait habituellement Rafara, il le trouva vide. Il piqua une colère terrible.

«Heureusement que Rafara est déjà loin!» se dit
la souris qui observait le monstre depuis sa cachette.
Mais Trimobe avait un flair remarquable.

Il eut vite fait de retrouver la trace de la fillette
et de la rejoindre, car il courait dix fois plus vite qu'elle.
«Je te tiens!» grogna-t-il en levant les bras pour la saisir.
Rafara jeta alors le bâton derrière elle en disant:
«Cher bâton, cadeau de la souris, transforme-toi en lac!»

On raconte qu'aussitôt le bâton se transforma en un lac
vaste et profond qui mit la fillette à l'abri du monstre.

Mais pas pour longtemps. Car Trimobe avait une bouche
énorme. À chaque gorgée, il avalait le contenu de mille jarres!
Et quand il fut de nouveau tout près d'elle,

la fillette se souvint de la pierre et la jeta
en disant: «Chère pierre, cadeau de la souris,
transforme-toi en forêt!»

On raconte qu'aussitôt une immense forêt
se dressa entre Rafara et le monstre.

Mais Trimobe avait une queue puissante et tranchante comme
une hache. Il eut vite fait d'abattre tous les arbres de la forêt
et de rattraper la fillette. Rafara jeta alors l'œuf en disant:
«Cher œuf, cadeau de la souris, transforme-toi en montagne!»

On raconte que la fillette se retrouva aussitôt au sommet
d'une haute montagne. On raconte aussi que Vovondréo,
grand oiseau aux ailes puissantes passait par là et que Rafara l'appela:
«Vovondréo, gentil oiseau, prends-moi sur ton dos et ramène-moi
dans mon village. Je te promets en récompense des pierres
de toutes les couleurs qui feront scintiller ton plumage.»

Vovondréo, qui avait un plumage plutôt terne, accepta avec joie. Il emporta Rafara sur son dos et la déposa devant la case de ses parents.

Rafara décora les ailes de Vovondréo
de mille pierres précieuses puis elle salua
le bel oiseau qui s'envola vers d'autres cieux.

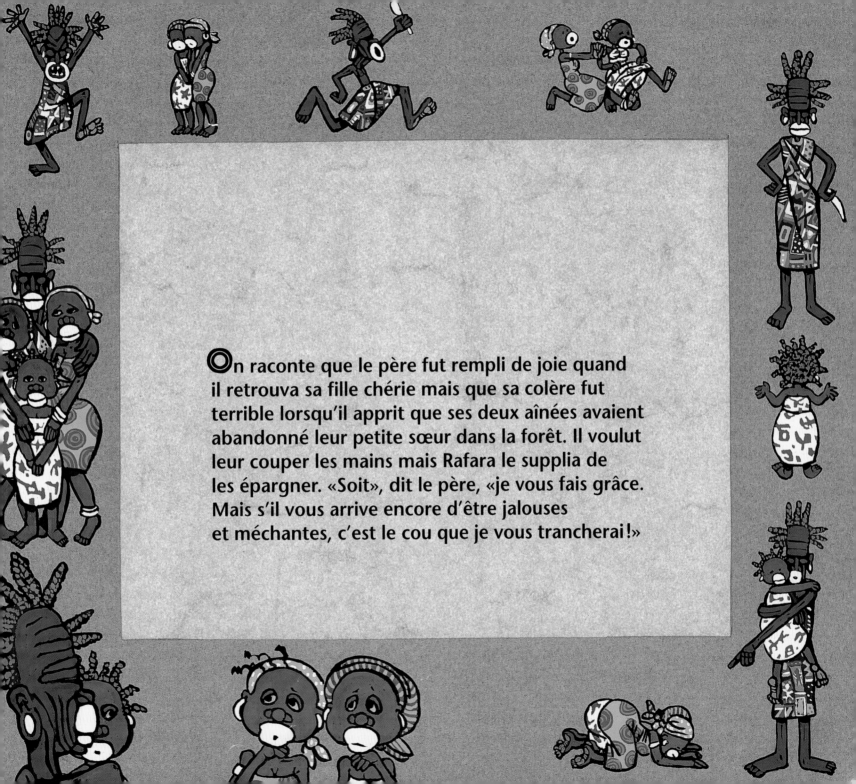

On raconte que le père fut rempli de joie quand il retrouva sa fille chérie mais que sa colère fut terrible lorsqu'il apprit que ses deux aînées avaient abandonné leur petite sœur dans la forêt. Il voulut leur couper les mains mais Rafara le supplia de les épargner. «Soit», dit le père, «je vous fais grâce. Mais s'il vous arrive encore d'être jalouses et méchantes, c'est le cou que je vous trancherai!»

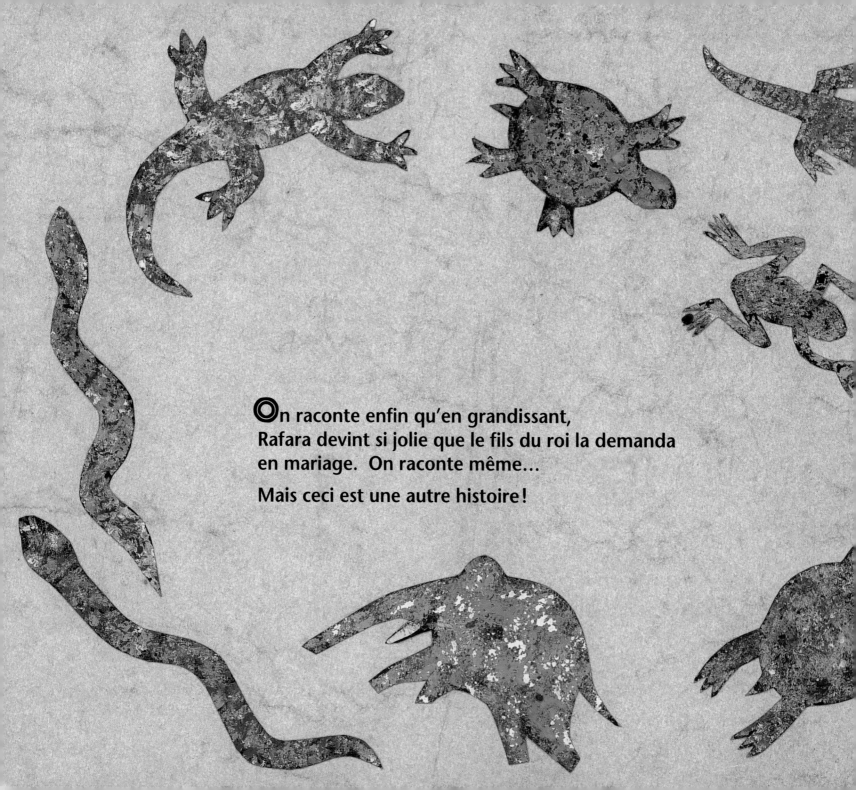

On raconte enfin qu'en grandissant,
Rafara devint si jolie que le fils du roi la demanda
en mariage. On raconte même…

Mais ceci est une autre histoire!